STORI CYN CYSGU

Lluniau

Sue Hagerty

Jac Jones

Gill Roberts

Chris Glynn

STORI CYN CYSGU

Golygydd
Gordon Jones

Awduron

Caryl Lewis   Bethan Gwanas   Angharad Tomos

Myrddin ap Dafydd   Iola Jôns   Haf Llewelyn

Elin Meek   Gordon Jones   Helen Emanuel Davies

Gwasg Carreg Gwalch

Argraffiad cyntaf: Medi 2005

(h) y straeon: yr awduron 2005
(h) y lluniau: yr arlunwyr 2005

Rhif Llyfr Safonol Rhyngwladol: 1-84527-002-9

Llun clawr blaen: Jac Jones
Cynllun clawr: Cyngor Llyfrau Cymru

Lluniau tu mewn: Sue Hagerty tt 2, 4, 7, 8-13, 44-49
Jac Jones tt 14-19, 32-37, 62-63
Gill Roberts tt 5, 20-25, 50-55, 64
Chris Glynn tt 1, 3, 4, 26-31, 38-43, 56-61

Cyhoeddwyd gan Wasg Carreg Gwalch,
12 Iard yr Orsaf, Llanrwst, Dyffryn Conwy LL26 0EH.
Ffôn: 01492 642031
Ffacs: 01492 641502
e-bost: llyfrau@carreg-gwalch.co.uk
lle ar y we: www.carreg-gwalch.co.uk

Argraffwyd yng Ngwlad Belg gan Proost.

CYNNWYS

MORGAN A'R MAT

Helen Emanuel Davies

Roedd Morgan a Moelwyn yn teimlo'n drist. Roedd hi'n glawio'n drwm. Ych-a-fi! Gwasgodd Morgan ei drwyn yn erbyn y ffenest a gwylio'r glaw. Wrth ei ochr roedd Moelwyn y milgi.

"Ych, dwi ddim yn hoffi glaw," meddai Morgan. "Dwi'n hoffi chwarae yn y pwll tywod yn yr ardd."

Ddywedodd Moelwyn y milgi ddim byd. Dydy milgwn ddim yn gallu siarad – ydyn nhw?

Aeth Morgan i orwedd ar y mat lliwgar o flaen y tân. Roedd pob lliw yn y byd yn y mat, a siapiau o bob math. Roedd siâp hir glas fel neidr, siâp mawr brown fel anifail anferth, a chylch mawr melyn. Wrth edrych ar y lliwiau a'r patrymau, teimlai Morgan ei lygaid yn mynd yn drwm, drwm. Ymhen ychydig funudau roedd yn cysgu'n sownd . . .

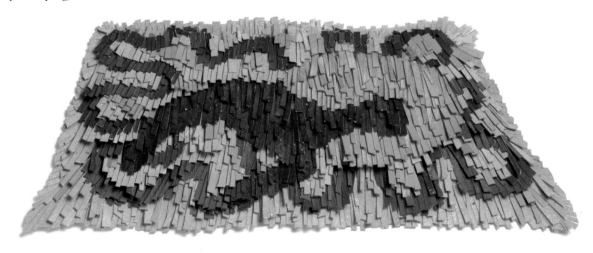

Yn sydyn, cododd Morgan ei ben. "Ew! Mae hi'n boeth!" meddai wrth Moelwyn y milgi.

Edrychodd o'i gwmpas. Roedd hi'n heulog braf, ac roedd Morgan a Moelwyn yn eistedd ar dywod melyn cynnes. Doedd dim byd ond tywod i'w weld am filltiroedd ar filltiroedd!

"Brysia, Morgan," meddai Moelwyn y milgi.

"Moelwyn! Rwyt ti'n gallu siarad!" meddai Morgan yn syn.

"Wrth gwrs fy mod i," atebodd Moelwyn yn swta. "Brysia, Morgan, mae'n rhaid i ni fynd. Mae Saffir y sarff las yn dod. Hen sarff sarrug yw Saffir – hen neidr –"

Ond roedd hi'n rhy hwyr! Roedd Saffir y sarff las wedi cyrraedd!

Sarff salw iawn oedd Saffir. Roedd hi'n sych ac yn sgleiniog ac roedd hi'n symud yn slic.

"Sssaffir y sssarff ydw i! Rydw i ar frysss! Ssssymudwch o'r ffordd neu bydda i'n eich sssathru chi," hisiodd Saffir.

Roedd Morgan wedi dychryn yn lân. Ond safodd Moelwyn ei dir.

"Symud o'r ffordd, y sosej salw!" meddai'r ci yn ddewr cyn cyfarth, "Bow-wow-wow-WOW!"

Stopiodd Saffir yn stond a syllu'n syn. Yna siglodd ei phen yn simsan a symud i ffwrdd, gan hisssian yn gas, gasssss iddi hi ei hun.

"Rwyt ti'n gi dewr iawn, Moelwyn!" meddai Morgan.

Ond doedd Moelwyn ddim yn gwrando. Roedd e'n edrych yn ofidus. "Mae'n rhaid i ni gael diod o ddŵr, Morgan, ond mae'r ffynnon agosaf yn bell, bell i ffwrdd," meddai.

Yna gwelodd rywbeth yn y pellter ac meddai'n hapus, "Dacw Camila'r camel! Camel caredig yw Camila! Fe gaiff hi'n cario ni at ddŵr. Haia, Camila!"

Carlamodd Camila'r camel tuag atyn nhw.

"Croeso, gyfeillion," meddai'n garedig. Roedd Camila'n gamel cwrtais hefyd.

"Cyfarchion, Camila," atebodd Moelwyn. "Dyma Morgan, fy ffrind. Wnei di ein cario ni at y ffynnon agosaf, os gweli di'n dda? Mae'r ffordd yn bell, mae hi'n boeth iawn ac mae syched ofnadwy ar y ddau ohonon ni."

"Wrth gwrs," atebodd Camila.

Plygodd ar ei chwrcwd, a dringodd Morgan ar ei chefn. Dringodd Moelwyn y tu ôl iddo. Camel cadarn iawn oedd Camila. Cododd a charlamu ar hyd y tywod melyn.

Roedd sedd Morgan yn siglo a siglo a siglo. Ac roedd Camila a Moelwyn yn canu a chanu,

"Dŵr oer, dŵr oer, dyma ni'n dod, dyma ni'n dod . . ."

Roedd Morgan yn teimlo'n gysglyd braf wrth gael ei siglo'n ysgafn ar gefn y camel. Brwydrodd i gadw'i lygaid ar agor, ond . . .

"Amser te, Morgan!" Mam oedd yn galw.

Roedd Morgan yn gorwedd ar y mat lliwgar. Gwelodd y llinyn hir glas fel sarff a'r siâp mawr brown fel camel a'r cylch mawr melyn . . . Neidiodd Morgan ar ei draed. "Dere, Moelwyn," meddai. Aeth Morgan a Moelwyn i'r gegin i gael te.

Edrychodd Mam allan drwy'r ffenest.

"Dydy hi ddim yn bwrw glaw nawr," meddai Mam. "Wyt ti eisiau chwarae yn y pwll tywod, Morgan?"

"Dim diolch," atebodd Morgan. "Dwi wedi cael hen ddigon o dywod am heddiw." Rhoddodd ei law yn ei boced – roedd hi'n llawn o dywod cynnes!

Edrychodd Mam yn syn ar Morgan. Yna edrychodd ar Moelwyn y milgi. Ddywedodd Moelwyn y milgi ddim byd. Dydy milgwn ddim yn gallu siarad – ydyn nhw?

STORI FACH DDISTAW

Angharad Tomos

Stori fach ddistaw ydi hon am greadur bach a distaw. Methiwsila oedd ei enw. Roedd Methiwsila yn fach ac yn grwn ac yn ddu efo wyth coes a dim un braich. Pan gâi lonydd, mi fyddai'n brysur brysur yn gwneud gwe hir, hir, rownd a rownd a rownd.

Roedd Methiwsila'n byw yn stafell wely Sam, a byddai'r stafell yn ddistaw, ddistaw drwy'r dydd tra oedd Sam yn yr ysgol. Drwy'r dydd, byddai Methiwsila'n mynd rownd a rownd a rownd yn gwneud gwe, yna byddai'n eistedd i lawr i gael ei swper, a gwylio Sam.

I swper, byddai Methiwsila'n bwyta pry. Dyna pam roedd yn gwneud gwe, er mwyn dal pry. Doedd dim angen coginio na berwi'r pry, dim ond ei fwyta fel ag yr oedd, ac roedd yn fwy na digon i lenwi bol Methiwsila.

Un noson, agorwyd drws y stafell wely, a daeth Sam a'i ffrind i mewn. Roedd Huw, ffrind Sam, yn fwy nag o, ac yn hoffi chwarae efo ceir bach. Chwarddodd Methiwsila'n ddistaw gan gofio'r hwyl a gafodd yn

gyrru un o'r ceir 'nôl a 'mlaen, 'nôl a 'mlaen a rownd a rownd a rownd yn gyflym iawn. Am hwyl! "Bydd rhaid i mi wneud hyn eto fory – pan fydd Sam yn yr ysgol," meddai Methiwsila wrtho'i hun.

Roedd pob math o bethau yn mocs teganau Sam. Un o hoff bethau Methiwsila oedd gyrru'r Jac Codi Baw.

"Mae tad Huw wedi dod i'w nôl o!" gwaeddodd mam Sam, "ac mae'n amser gwely i ti."

Tynnodd Sam ei ddillad i gyd, a gwisgo dillad gwahanol amdano. Doedd gan Methiwsila ddim syniad pam roedd Sam yn gwneud hynny, achos y peth cyntaf roedd Sam yn ei wneud ar ôl codi yn y bore oedd tynnu'r dillad hynny, a gwisgo dillad y diwrnod cynt. Roedd Methiwsila'n falch nad hogyn oedd o, yn gorfod newid ei ddillad o hyd ac o hyd. Ie, un rhyfedd oedd Sam! Dwy goes yn unig oedd ganddo, a doedd Sam erioed wedi bwyta pry chwaith.

Daeth tad Sam i'r llofft a rhoi Sam i orwedd ar ei wely a thaenu cwrlid drosto. Doedd Sam byth yn gwneud gwe chwaith, ac roedd yn rhaid iddo orwedd i lawr er mwyn mynd i gysgu, efo clustog dan ei ben. Ie wir, un rhyfedd iawn oedd Sam.

Bob nos, byddai tad Sam yn adrodd stori, a dyna adeg gorau'r dydd i Methiwsila.

"Pa stori hoffet ti gael heno?" gofynnodd tad Sam.

"Stori Sbeidarman," atebodd Sam yn syth.

Roedd Methiwsila wrth ei fodd yn gwrando ar y storïau hyn.
Byddai tad Sam yn sôn fel roedd Sbeidarman yn gallu gwneud gwe
a siglo'i hun o un adeilad i'r llall gan gerdded i fyny waliau, ac ar
hyd toeau tai. Yna dros y toeau ac i lawr yr ochr arall. Breuddwyd
Sam oedd cael bod yn Sbeidarman.

Gwyliodd Methiwsila tra oedd Sam yn gwrando ar y stori. Roedd ei lygaid yn gyffro i gyd, ac roedd gwên ar ei wyneb. Adroddodd tad Sam stori am Sbeidarman yn erlid lladron drwg, a phan oedd popeth yn ymddangos yn anobeithiol, rhoddodd Sbeidarman ei law allan, lluchio'i we, a disgyn ar y lladron gan eu clymu'n sownd mewn gwe nad oedd modd iddyn nhw ddianc ohoni. Rownd a rownd a rownd . . .

"Go dda, Sbeidarman – yn trechu'r gelyn eto!" meddai Sam.

"Nos da, Sam," meddai Dad.

"Nos da, Dad a Sbeidarman," meddai Sam.

Diffoddwyd y golau, ac roedd y stafell yn dywyll, ar wahân i'r golau lleuad oedd yn dod drwy'r llenni.

Ar y wal, syllodd Methiwsila ar y poster anferth. Llun o ddyn mewn siwt dynn goch a glas oedd o, gyda mwgwd am ei ben. O'i amgylch roedd gwe anferth. Un rhyfedd oedd Sam. Roedd o eisiau bod yn Sbeidarman.

Teimlai Methiwsila ei hun yn mynd yn gysglyd. Yn araf, araf, araf, roedd ei lygaid yn cau, ac roedd cwsg yn gafael ynddo. Roedd Methiwsila'n teimlo'n hapus. Doedd o ddim eisiau bod yn neb arall ar wahân iddo fo'i hun. Roedd o wrth ei fodd yn cael bod yn bry cop.

CACHGI-BWM
Caryl Lewis

Ar waelod gardd hyfryd, ar flodyn prydferth, roedd Cachgi-bwm yn byw. Bob bore, byddai'r haul yn goglais petalau'r blodyn a'r rheiny'n agor i'w ddihuno wrth i Cachgi-bwm gysgu'n glyd y tu mewn iddo.

"Bsssss bsssssss." Roedd Cachgi-bwm yn cysgu'n drwm, a dim brys arno i ddihuno.

"Dihuna, Cachgi-bwm!" sibrydodd yr haul gan wenu. "Mae hi'n ddiwrnod braf!"

"Bsssss bssss . . ." Dihunodd Cachgi-bwm yn araf bach a golchi'i wyneb gyda'r diferyn o wlith roedd yr haul wedi'i osod iddo ar y blodyn. Cribodd ei wallt melyn a du a sythu'i adenydd, ond O! roedd golwg drist ar Cachgi-bwm. "Mae hi'n ddiwrnod mor braf, bsssss bssss," meddai, "ond does gen i ddim ffrindiau i chwarae gyda nhw. Bsssss bssss!"

Roedd ar bawb ofn Cachgi-bwm, ac roedd e hefyd wedi dod i ofni pawb arall. Byddai'n cuddio yn y blodyn ar waelod yr ardd heb fentro mynd i chwarae gyda'r trychfilod eraill. Ond roedd heddiw'n ddiwrnod mor braf nes bod yn rhaid iddo gael mynd i chwarae gyda rhywun arall. Roedd e bron â marw eisiau cwmni.

Yna fe gafodd Cachgi-bwm syniad. Beth am iddo geisio newid ei hun?

"Mae rhai yn fy ofni am fy mod i'n gwisgo streipiau melyn a du," meddai Cachgi-bwm wrtho'i hun. "Wel, beth am i mi guddio'r streipiau?"

Chwiliodd am gardigan goch wlanog a'i gwisgo amdano. Botymodd y gardigan yr holl ffordd i fyny o dan ei ên, a gwenu'n hapus.

"Mae rhai yn fy ofni i am fod gen i bigyn hir ar fy mhen-ôl," meddai. "Beth am i mi glymu ruban pert dros y pigyn?"

Chwiliodd Cachgi-bwm am gwrlyn o ruban pinc prydferth a'i glymu'n ddolen dros y pigyn ar ei ben-ôl.

"Mae rhai yn fy ofni i am fy mod i'n hedfan yn gyflym ar hyd y lle," meddai. "Beth am i mi gerdded yn lle hedfan?"

Chwiliodd Cachgi-bwm yn y petalau a dod o hyd i esgidiau cerdded hyfryd. Gwisgodd nhw am ei bedwar troed a chlymu'r

careiau'n dynn. Fe gymerodd y gwaith amser hir, ac erbyn hyn roedd yr haul poeth yn gwneud iddo chwysu.

"Mae rhai yn fy ofni am fy mod yn gwneud sŵn 'bsssss bssss'," meddai. "Beth am i mi chwibanu yn lle dweud 'bssss'?"

Dyma Cachgi-bwm yn chwythu a phoeri a gwneud pob math o siapiau rhyfedd â'i geg. Yn y diwedd gwnaeth siâp 'o' gyda'i wefusau, gan chwythu a dechrau chwibanu tôn fach. Edrychodd Cachgi-bwm ar y gardigan goch, y ruban pinc a'r esgidiau hyfryd am ei draed. Byddai pawb yn siŵr o fod yn ffrindiau gydag e nawr!

Dyma Cachgi-bwm yn llithro i lawr coes y blodyn a cherdded draw i'r maes chwarae. Dechreuodd chwibanu. Roedd hi'n ddiwrnod poeth a'r gardigan yn dynn o dan ei ên. Clywodd sŵn lleisiau'n chwerthin o'r maes chwarae ac fe aeth i weld pwy oedd yno. Roedd Pili Pala brydferth yn chwarae cuddio gyda Siani Flewog ddu. Ac roedd Malwen felen yn llithro i lawr llithren gyda Buwch Goch Gota, a'i chefn yn smotiau du i gyd, yn llithro ar ei hôl.

"Hylô!" meddai Pili Pala. "Dwi'n hoffi dy gardigan goch di! Dere i chwarae!"

"Hylô!" meddai Siani Flewog. "Dwi'n hoffi dy ruban pinc di! Dere i chwarae!"

"Hylô!" meddai Malwen. "Dwi'n hoffi dy esgidiau hyfryd di! Dere i chwarae!"

"Hylô!" meddai Buwch Goch Gota. "Dwi'n hoffi dy chwibanu di! Dere i chwarae!"

A dyma Cachgi-bwm yn ymuno yn y gêmau. Buon nhw'n cael hwyl a sbri di-ri o dan yr haul. Ond roedd Cachgi-bwm yn teimlo'n dwym. Wedyn teimlai'n boeth. Ac yna teimlai'n boeth ofnadwy! Roedd ei gardigan goch yn rhy dynn ac yn rhy boeth o lawer!

Roedd y ruban pinc yn niwsans pan oedd Cachgi-bwm eisiau llithro lawr y llithren. Roedd e wedi blino cerdded yn ei esgidiau cerdded drwy'r amser, ac roedd yn straen iddo gofio chwibanu o hyd.

Yn wir, doedd Cachgi-bwm druan ddim yn teimlo fel fe'i hun o gwbwl! Felly, dyma fe'n tynnu'r gardigan goch yn ara bach, ac oherwydd fod pawb yn brysur yn chwarae, sylwodd neb i ddechrau ei fod wedi newid. Yna, fe dynnodd y ruban pinc oddi ar ei bigyn, a datod a thynnu'i esgidiau hyfryd. Dyna deimlad braf! "Bssss bsssss!" Ond yna . . .

"Ahhhhh! Hen gachgi-bwm yw e!" sgrechiodd Pili Pala gan hedfan i ffwrdd.

"Ych-a-fi! Streipiau melyn a du!" poerodd Buwch Goch Gota a sgrialu i ffwrdd.

"Waa! Am sŵn cas!" gwaeddodd Malwen gan lithro i ffwrdd.

Safodd y Cachgi-bwm yn stond â dagrau'n llenwi ei lygaid.

"Rwyt tithau am redeg i ffwrdd hefyd, mae'n siŵr!" meddai Cachgi-bwm yn drist wrth Siani Flewog.

"Nadw wir!" atebodd hithau, er mawr syndod iddo. "Dwi'n ffrind i ti, Cachgi-bwm! Dwi'n dy hoffi di yn union fel rwyt ti gyda'r streipiau, a'r pigyn, yr hedfan a'r sŵn! Dyna beth sy'n dy wneud di'n *ti* – yn gachgi-bwm!"

Yna, fe ddaeth siffrwd o'r borfa y tu ôl iddyn nhw wrth i Pili Pala, Buwch Goch Gota a Malwen ddod i'r golwg.

"Mae'n ddrwg gen i," meddai Pili Pala. "Ddylwn i ddim fod wedi dy ofni di heb ddod i dy adnabod di."

"Ddylwn i ddim wedi dy ofni di am fod gen ti streipiau," meddai Buwch Goch Gota.

"Plîs paid â newid," ychwanegodd Malwen, "mae'n well gen i sŵn dy lais bssss bssss di na'r chwibanu!"

A bu'r pump ohonyn nhw'n chwarae a chwarae nes fod yr haul wedi suddo a'r dydd wedi mynd yn hen. Wrth iddi nosi, hedfanodd Cachgi-bwm yn hapus hapussssss yn ôl i'r blodyn. Gorweddodd yn flinedig yng nghanol y petalau gan feddwl am gael codi'n gynnar y bore wedyn i fynd i chwarae gyda'i ffrindiau newydd.

Y noson honno, fe estynnodd y lleuad arian ei law i lawr a phlygu'r petalau'n ôl yn glyd o gwmpas Cachgi-bwm, ac fe siglodd y gwynt y blodyn yn dyner i'w helpu i fynd i gysgu'n braf.

GADAEL Y NYTH

Elin Meek

Roedd hi'n ddiwrnod braf o haf. Doedd dim cwmwl yn yr awyr, dim ond haul mawr melyn yn disgleirio. O'i nyth dan fondo'r beudy, gallai Gwyn y wennol weld ei ffrindiau a'i deulu'n gwibio heibio. Ond doedd Gwyn ddim eisiau gadael y nyth.

"Dere, Gwyn bach," meddai ei fam, "dere i hedfan a hofran gyda'r gwenoliaid eraill."

"Na, Mam," meddai Gwyn, "mae'n well gen i aros fan hyn."

"Dere wir," meddai ei fam wedyn, "ti yw'r unig wennol sydd ar ôl yn y nyth. Mae'n hen bryd i ti fentro mas."

"Ond mae gormod o ofn arna i," cyfaddefodd Gwyn.

"Twt lol!" meddai ei fam.

Dyma hi'n dod i mewn i'r nyth, a gwthio Gwyn yn ofalus at yr ymyl. Yn sydyn, sylweddolodd Gwyn fod rhaid iddo hedfan. W-w-w-w-î-î-î-î-î! A dyma Gwyn yn agor ei adenydd ac yn eu curo'n galed. Waw! Roedd e'n gallu hedfan!

"Da iawn!" meddai ei fam, gan geisio dal ei aden i'w arwain.
"Nawr, bydd yn ofalus . . . gwylia'r goeden acw!"

"Iawn, Mam," meddai Gwyn. Roedd hedfan yn hwyl!

"Gwyn, gwylia!" gwaeddodd ei fam wedyn. "Gwylia'r tai!"

"Iawn, Mam," meddai Gwyn. Roedd e wrth ei fodd. Hedfanodd
yn isel i weld y ceir ar y ffordd fawr.

"Gwylia'r ceir!" sgrechiodd ei fam. "Paid â hedfan yn rhy isel!"

O, roedd Mam yn boendod! Cododd Gwyn yn uwch yn yr awyr a
gweld ei ffrindiau'n chwarae. "Gaf i fynd draw at bawb arall?"
gofynnodd.

"Na, dwyt ti ddim yn barod eto," atebodd ei fam. "Rhaid i ti aros
gyda fi."

"Ond Ma-a-am," meddai Gwyn. "Dwi'n gallu hedfan yn iawn."

"Nac wyt," meddai ei fam yn bendant. "Hei! Gwylia'r gwifrau
trydan!"

"Wel, dwi'n mynd beth bynnag," meddai Gwyn. A churodd ei
adenydd yn gyflym, gyflym, a chodi fel saeth i'r awyr at ei ffrindiau.

"Helô, bawb," meddai Gwyn yn hapus.

"Helô, Babi Mami," gwaeddodd ei ffrindiau. "Paid â hedfan heb Mami, Gwyn bach."

"Dwi ddim yn Fabi Mami!" gwaeddodd Gwyn yn flin a chrac.

Ond dim ond chwerthin am ei ben wnaeth pawb.

Roedd Gwyn wedi cael siom. Cododd ei ben i'r awyr, a hedfan i fyny'n uwch eto. Roedd digon o le i hedfan. Ond yn sydyn, clywodd Gwyn sŵn crawcian.

"Crawc-crawc! Edrych pwy sy fan hyn!" Roedd dwy frân fawr ddu yn syllu arno.

"Crawc-crawc! Un bach yw e! Gwennol newydd adael y nyth yw e," meddai'r frân fwyaf.

O! Roedd ei phig yn fawr! Ac O! roedd ei llygaid yn edrych yn gas! Trodd Gwyn ei ben a hedfan yn uwch eto. Roedd y brain mawr du'n codi ofn arno.

WWWWSHSHSHSH! Gwibiodd awyren fach yn union heibio iddo.

"Help!" gwichiodd Gwyn a symud draw o ffordd yr awyren.
Cododd y peilot ei ddwrn arno. Roedd hi'n beryglus i fyny fan
hyn! Edrychodd Gwyn i lawr a gweld y wlad ymhell, bell oddi
tano: yr afon fel mwydyn gwlyb, y maes awyr, y ffordd fawr,
y pentref . . . a dyna lle roedd y fferm, a'r beudy lle roedd y nyth.

Yn sydyn, clywodd Gwyn aderyn bach yn gweiddi uwch ei ben,
"Help! Help! Dwi'n cwympo!"

Gwelodd Gwyn yr aderyn yn dod tuag ato, a dyma fe'n estyn ei
ddwy aden i'w ddal. "Pwy wyt ti?" gofynnodd Gwyn mewn syndod.
"A beth sydd wedi digwydd i ti?"

"Hedd yw fy enw i, ac ehedydd ydw i," meddai'r aderyn bach.
"Dwi bob amser yn hedfan yn uchel, ond rhaid fy mod i wedi bod
yn breuddwydio a mynd yn rhy uchel. Fe ges i fy nharo gan yr
awyren 'na, a dwi'n credu bod fy aden dde wedi torri. Dwi ddim
yn gallu hedfan. Wnei di fy helpu i?"

Roedd Gwyn yn teimlo'n ofnus iawn. Dyna drueni nad oedd ei
fam a'i dad yno i'w helpu. Roedd e wedi hedfan mor bell i fyny i'r
awyr ac wedi blino'n lân. Fyddai e'n gallu cario Hedd yn ofalus yn
ôl i lawr, tybed? Doedd Gwyn ddim yn siŵr o gwbl.

"Dwi ddim yn teimlo'n gryf iawn fy hunan," meddai Gwyn.
Roedd e bron â llefain erbyn hyn.

"Paid â phoeni," meddai Hedd. "Mae gwenoliaid yn enwog am
hofran ar y gwynt. Fydd dim angen i ti wneud dim ond agor dy
adenydd, ac fe ddringa i ar dy gefn a dal yn dynn. Fe fydd popeth
yn iawn, fe gei di weld."

"Iawn," meddai Gwyn gan agor blaen ei adenydd yn betrus. Ac
yn wir, dyma Gwyn yn teimlo awel fach ysgafn yn cydio ynddo fel
ffrind. Teimlai'n union fel petai ei fam yn ei arwain yn ofalus.

"Wwwîîîî!" meddai Hedd yn gyffrous wrth iddyn nhw hofran a
sglefrio ar y gwynt.

"Crawc-crawc-crawc! Edrych ar y ddau hyn!" meddai un frân wrth
y llall wrth iddyn nhw wibio heibio. "On'd yw'r wennol fach 'na'n
gryf, yn cario ehedydd ar ei chefn!"

Cyn hir, gallai Gwyn a Hedd weld y fferm yn dod yn nes, ac yn
sydyn, clywodd Hedd sŵn lleisiau ei dad a'i fam yn galw.

"Hedd! Hedd! O, diolch byth dy fod ti'n iawn! Fe welson ni'r
awyren yn dy fwrw di ac roedden ni'n ofni . . . "

"Paid â phoeni, Dad," meddai Hedd. "Mae Gwyn y wennol wedi

fy nghario i lawr yn ddiogel. Dwi wedi torri fy aden, ond fe fydda i'n iawn."

"Diolch o galon i ti, Gwyn," meddai rhieni Hedd.

Cyn pen dim roedd llawer o adar o gwmpas Gwyn a Hedd, yn deulu a ffrindiau.

"Mae Gwyn wedi bod yn ddewr iawn," meddai tad Hedd wrth bawb. "Mae e wedi achub bywyd ein mab bach ni."

A dyma Hedd yn dweud yr hanes wrthyn nhw. Roedd pawb yn synnu a rhyfeddu ac yn meddwl bod Gwyn yn arwr.

"Rwyt ti'n arwr, Gwyn," meddai'r adar i gyd. "Does dim un ohonon ni erioed wedi gwneud dim byd tebyg. On'd wyt ti'n wennol ddewr?" Teimlodd Gwyn yn gynnes i gyd.

"Gwyn!" Clywodd Gwyn lais ei fam. "Gwyn bach, dere 'ma at Mam i gael cwtsh!"

"Helô, Mam," meddai Gwyn. "Dwi ddim eisiau cwtsh nawr . . . fe wela i chi wedyn . . . " Ac i ffwrdd â Gwyn i chwarae hedfan a hofran gyda'i ffrindiau.

Ond fe gafodd gwtsh bach gyda'i fam cyn mynd i gysgu.

FI FY HUN

Gordon Jones

Un tro, roedd tylwythen fach deg o'r enw Lyfli. Ond doedd hi ddim yn 'lyfli' o gwbl mewn gwirionedd. Ei hoff beth hi oedd chwarae triciau cas iawn ar fechgyn.

"Ych-y-pych! Mae'n gas gen i hogia-pogia, bechgyn-rhechgyn!" meddai. "Rhaid i mi fynd am drip rownd y byd i chwilio am fachgen bach twp iawn er mwyn chwarae tric arno fo."

Y tro yma roedd Lyfli am wneud rhywbeth arbennig o gas. I wneud hynny, byddai'n rhaid iddi gael help gan ei thad, y Cawr Dwndwr Mawr.

"Dadi," meddai Lyfli yn fêl i gyd, "pe bai rhywun drwg yn fy mrifo i, beth fyddet ti'n ei wneud iddo fo?"

"Byddwn yn ei droi yn fach, fach a'i roi mewn potel a gwrthod ei adael allan nes ei fod yn dda unwaith eto, Lyfli fach," atebodd y cawr.

"O diolch, Dadi," meddai Lyfli â gwên fach gas ar ei hwyneb wrth iddi hedfan allan o Wlad y Tylwyth Teg i chwilio am fachgen twp.

Draw yng Nghymru, yng ngwaelod gardd, yng nghysgod derwen fawr, roedd bachgen bach caredig o'r enw Tweli yn chwarae gyda'i hoff deganau. Doedd ganddo ddim syniad bod tylwythen fach gas yn eistedd ar ddeilen yn ei wylio'n cael hwyl efo'i dractors a'i geir.

Edrych ar y twpsyn bach 'na'n chwarae ac yn gwneud synau 'Brrrwwmm brwwmmm, tsiwc tsiwc tsiwc', meddyliodd Lyfli, cyn hedfan i lawr a glanio ar ben ei dractor bach.

"O!" meddai Tweli. "Ym . . . helô, dylwythen fach."

"Helô, fachgen bach. Dyna deganau hyfryd sy gen ti; ga i ddod i chwarae efo ti? Ti'n gweld, dwi'n unig iawn yng Ngwlad y Tylwyth Teg," meddai Lyfli mewn llais bach trist.

"Cei, siŵr," atebodd Tweli'n garedig, "ond cha i ddim mynd efo ti i Wlad y Tylwyth Teg nac i ddawnsio mewn cylch tylwyth teg chwaith."

Roedd ei dad a'i fam wedi darllen llawer o storïau iddo ac roedd o'n gwybod yn iawn am driciau da a drwg y tylwyth teg. Doedd Tweli ddim yn fachgen twp o gwbl.

Ha ha, meddyliodd Lyfli, fe fyddi di mewn potel ar silff y Cawr Dwndwr Mawr cyn bo hir, y twpsyn bach.

"Beth am i ni gael pethau bach byw i'n helpu ni i chwarae?" meddai Lyfli gan wenu'n braf ar Tweli. Cyn iddo gael cyfle i ateb, dyma'r dylwythen yn chwipio sach aur allan o'i chlogyn, codi mesen o'r llawr a'i gollwng i'r sach gan adrodd:

"Migl-di magl-di, mesen fach, tro yn ffermwr yn y sach."

Ni allai Tweli gredu ei lygaid pan welodd ddyn bach yn neidio allan o'r sach, mynd yn syth at y tractor a dechrau ei yrru o gwmpas y lle.

"Waw! Ga i rywbeth arall os gweli di'n dda, Lyfli?"

"Cei siŵr, fachgen t– " (bu bron iawn, iawn i Lyfli ddweud 'twp'). A dyma hi'n estyn y sach hud i Tweli. "Gwna fo dy hun, os alli di gofio'r swyn."

"Gallaf siŵr. Migl-di magl-di, mesen fach, tro yn fugail yn y sach."

Ac yn fuan iawn roedd pob math o bobl ac anifeiliaid bychain yn gwmni i'r bachgen a'r dylwythen.

Roedd y ddau fel petaen nhw wedi bod yn ffrindiau erioed, ac yn chwerthin lond ei boliau wrth weld y bugail a'r cŵn yn ceisio dal cangarŵ, a pheilot yr hofrennydd yn gollwng licris ôlsorts i mewn i drêlyr y tractor.

Yng nghanol y miri holodd Tweli, "Lyfli, sut mae troi'r pethau byw yn ôl yn fes unwaith eto?"

"Mae hynny'n hawdd-pawdd, dim ond adrodd: 'Migl-di magl-di, ffermwr bach, tro yn fesen yn y sach', a'r un peth efo bob un ohonyn nhw."

A dyna wnaeth Tweli, rhag ofn i rywbeth ofnadwy ddigwydd i'r pethau bach byw.

Yn sydyn, cofiodd Lyfli am y rheswm pam ei bod hi yno – i chwarae tric cas ar fachgen twp, wrth gwrs – ac meddai hi, yn fêl i gyd, "O, rwyt ti wedi bod yn ffrind gwych i mi, fachgen bach, ond alla i mo dy alw di'n 'bachgen bach' drwy'r amser, alla i? Beth ydi dy enw di, 'te?"

Sylwodd Tweli ar yr olwg ryfedd ar wyneb y dylwythen fach ac ar y tinc caled yn ei llais.

"Fi Fy Hun ydi fy enw i," atebodd Tweli yn gall.

"Dyna enw rhyfedd," meddai Lyfli.

"Mae Lyfli yn enw rhyfedd yn ein gwlad ni hefyd," meddai Tweli.

Yn sydyn, neidiodd Lyfli i'w thraed a rhedeg fel peth gwyllt, cyn syrthio'n bendramwnwgl i'r llawr. Wedyn rholiodd ar y ddaear fel pêl-droediwr wedi'i faglu o flaen gôl tîm arall.

"AwWWWWW!" sgrechiodd mewn llais uchel, main a wnaeth i glustiau Tweli frifo. "Mae hen fachgen cas wedi fy mrifo i! AWWWW! Helpa fi, Cawr Dwndwr Mawr!" bloeddiodd Lyfli.

Dyma lais mawr, uchel yn taranu o'r goeden dderw uwchben. "Pwy sy wedi dy frifo di, Lyfli fach?" Ysgydwodd y dail a disgynnodd cawod o fes ar ben Tweli.

"FI FY HUN!" sgrechiodd Lyfli.

"Wyt ti'n siŵr? Yn hollol siŵr?" holodd y llais mawr.

"Ydw ydw! Hastia, wnei di, mae Fi Fy Hun yn trio fy lladd i!"

Dyma fraich fawr, flewog ac arni'r llaw fwyaf a welodd Tweli erioed yn ymestyn i lawr o'r goeden. Roedd o wedi dychryn yn ofnadwy a dechreuodd grynu fel deilen gan feddwl y byddai'r cawr yn ei gipio. Ond cydio yn Lyfli fach gas wnaeth y llaw anferthol, cyn diflannu o'r golwg.

Syllodd Tweli'n syn ar y goeden ac ar y cwdyn aur hud, llawn mes, oedd ar y llawr, cyn ei gadw'n ofalus yn ei boced.

Ymhell bell i ffwrdd, mewn stafell fawr mewn castell mawr yng Ngwlad y Tylwyth Teg, edrychai'r Cawr Dwndwr Mawr ar botel fach fach ar un o'i silffoedd mawr.

"Hei, Cawr Dwndwr Mawr, gad fi allan o'r botel 'ma – ar unwaith!" gwichiodd Lyfli. "Plîs, Dadi."

Siglodd y cawr ei ben a dweud mewn llais mawr, trist, "O Lyfli fach ddrwg, alla i mo dy adael allan o'r botel nes dy fod ti'n dylwythen fach dda unwaith eto. Fe ddywedaist ti gelwydd wrth Tweli ac yntau wedi bod yn ffrind da i ti."

Cafodd Tweli sawl blwyddyn o hwyl yn chwarae gyda'r bobl fach hud yng ngwaelod yr ardd. Yna, pan dyfodd yn hŷn, fe guddiodd y cwdyn aur yn ofalus mewn twll yn y dderwen fawr. Ond byddai'n mynd yno bob blwyddyn i chwilio amdano. Un flwyddyn, pan roddodd ei law i mewn doedd y cwdyn hud ddim yno!

"Iaa-hww!" gwaeddodd Tweli. "Mae Lyfli wedi troi'n dylwythen fach dda o'r diwedd ac mae'r Cawr Dwndwr Mawr wedi gadael iddi hi hedfan allan o'r botel!" Teimlai'n hapus iawn.

Ac ymhell bell i ffwrdd, yng Ngwlad y Tylwyth Teg, roedd Lyfli'n hapus hefyd. Roedd hi'n rhydd o'r diwedd! Ond tybed a fuodd hi'n dylwythen fach dda wedyn?

GWLAD Y GWALLTIAU GWYLLT

Bethan Gwanas

Roedd gan Meg wallt hir, hir cyrliog, ond doedd hi ddim yn hoffi ei frwsio. "Dwi ddim isio brwsio fy ngwallt!" byddai'n gweiddi bob bore a bob nos.

Byddai ei mam yn ceisio tynnu brwsh drwyddo, byddai ei nain yn ceisio rhoi crib ynddo, a byddai ei thad yn ceisio tynnu ei fysedd drwyddo – ond roedd pawb yn methu. A bob tro, byddai Meg yn gweiddi a strancio: "Mae o'n brifo! Mae'n well gen i wallt gwyllt!"

Tyfodd gwallt Meg yn hirach, a chlymu'n glymau tew, gwyllt, amhosib eu datod. Ond doedd dim bwys gan Meg. "Dwi'n hoffi fy ngwallt yn wyllt fel hyn," meddai, "a dyna ni."

Doedd gan Mam na Dad na Nain ddim syniad beth i'w wneud.

"Bydd raid i ni dorri'r gwallt 'na," meddai Nain. Ond pan welodd Meg y siswrn, dringodd i fyny coeden i guddio. Bu pawb yn gweiddi arni i ddod i lawr, ond roedd gan Meg ofn y siswrn a dechreuodd grio.

"Be sy'n bod?" gofynnodd y dylluan flin oedd yn ceisio cysgu yn y goeden.

"Mae pawb am i mi frwsio fy ngwallt," wylodd Meg, "ond dwi ddim isio gwneud, a rŵan maen nhw am ei dorri i ffwrdd! Dwi isio byw mewn gwlad lle does neb yn gorfod brwsio'u gwallt . . ."

"Wel . . ." meddai'r dylluan, "mi faswn i'n hoffi dy helpu di, achos dwi ddim isio cael fy neffro eto gan sŵn merch fach yn beichio crio. Tyrd efo fi."

Dilynodd Meg y dylluan drwy dwll yn y goeden, ac i lawr â nhw, i lawr ac i lawr drwy'r tywyllwch a'r gwe pry cop nes cyrraedd drws mawr coch.

"Dyma ni," meddai'r dylluan, gan agor y drws, "rydan ni wedi cyrraedd Gwlad y Gwalltiau Gwyllt."

Camodd Meg drwy'r drws i Wlad y Gwalltiau Gwyllt, a gwenu fel giât. Roedd gan bawb yno wallt hir at eu traed – rhai yn gorfod ei gario o'u blaenau mewn berfa, rhai yn cario'u gwallt yn eu breichiau, rhai efo adar yn nythu yn eu pennau, rhai yn llawn o wiwerod a llygod y maes, a rhai oedd yn ddim byd ond gwallt.

Roedd eu hwynebau o'r golwg dan y gwallt, a doedden nhw'n
amlwg ddim yn gallu gweld dim byd am eu bod nhw'n baglu dros
y lle o hyd a disgyn yn fflat ar eu trwynau – neu ar eu cefnau;
roedd hi'n anodd dweud pa un!

"Am hwyl!" chwarddodd Meg. "Dwi'n hoffi'r wlad yma'n arw!
Dwi isio byw fan hyn am byth!"

Eisteddodd wrth ymyl criw o bobl oedd yn crafu a chosi. "Pam
ydach chi'n crafu a chosi o hyd ac o hyd?" gofynnodd Meg.

"Am fod ein pennau ni'n llawn o bob math o bryfed a chwain a
thrychfilod," meddai un efo mwng o wallt coch a dim ond ei
drwyn yn y golwg. "Dydan ni byth yn gallu golchi'n gwalltiau –
mae 'na ormod ohono!"

"Pam na wnewch chi chwarae yn lle cosi a chrafu?" holodd Meg.

"Mae gen i ormod o sŵn yn fy nghlustiau!" chwyrnodd dyn mawr
efo brain yn nythu yn ei ben.

"Mae gen i ormod o gur yn fy mhen," wylodd plentyn oedd yn
belen o wallt efo dim ond ei draed yn y golwg.

"A phan rydan ni'n symud rydan ni'n baglu dros ein gwalltiau gwyllt!" cwynodd yr un efo'r mwng o wallt brown, cyn cwympo ar ei drwyn (neu ei ben-ôl – doedd neb yn siŵr pa un!).

"Mae'n amhosib chwarae a chrafu a chosi a chosi a chrafu yr un pryd!" meddai merch efo pryfed a chwain a thrychfilod a neidr fawr dew yn ei gwallt.

"O, wela i," meddai Meg. A chyn bo hir, dechreuodd hithau gosi a chrafu hefyd. Roedd y pryfed a'r chwain a'r trychfilod wedi dringo i mewn i wallt Meg! Roedd hi'n cosi a chosi a chrafu a chrafu, nes ei bod hi bron â mynd yn wirion!

"Mae hyn yn hurt!" gwaeddodd Meg. "Rhaid i ni gael gwared â'r pryfed a'r pethau eraill 'ma o'n gwalltiau!"

"Ond sut?" meddai'r un efo mwng o wallt coch.

"Wel, efo crib neu frwsh wrth gwrs!" meddai Meg.

"Ond does 'na ddim y fath beth â chrib na brwsh gwallt yn y wlad yma," meddai'r dyn mawr efo brain yn nythu yn ei ben.

Meddyliodd Meg am hyn am amser hir, wrth iddi grafu a chosi, cosi a chrafu. Yna, gafaelodd mewn darn o bren a charreg finiog a dechrau crafu a naddu'r pren nes yn y diwedd roedd hi wedi gwneud crib.

"Dyma ni!" meddai, a dechrau tynnu'r grib drwy wallt ei ffrindiau nes bod y pryfed a'r chwain a'r trychfilod a phob dim arall yn cwympo allan ac yn sgrialu i bob man.

O'r diwedd, roedd gwalltiau pawb yn daclus a sgleiniog – a doedd yr un pryfyn na chwannen nac unrhyw greadur arall yn byw yno.

"Diolch, Meg," meddai pawb, "mi fyddwn ni'n gallu chwarae rŵan! A gweld! A cherdded heb faglu a disgyn ar ein trwynau! Fel gwobr am ein helpu, mi gei di unrhyw beth fynni di yn y byd i gyd. Beth hoffet ti ei gael?"

"Mi hoffwn i fynd adre," meddai Meg, "os gwelwch yn dda."

"Dim problem," meddai pawb, a dyma'r drws coch yn agor iddi'n syth.

Pan gyrhaeddodd Meg adre, bu'n brwsio'i gwallt am hydoedd nes ei fod o'n sgleinio. A phan fyddai ei gwallt yn dechrau troi'n wyllt eto, byddai Meg yn mynd ati'n syth i'w frwsio. Ond weithiau byddai'n anghofio . . .

TITW'N ANGHOFIO ETO
Myrddin ap Dafydd

"Pawb yn barod?" holodd Dad Tylluan wrth y twll yn y to. Roedd ganddo sgrepan fawr ar ei gefn a gogls peilot am ei ben.

"Barod!" atebodd Mam Tylluan a Teleri Tylluan, y chwaer fawr. Roedd y ddwy'n cario bag bychan bob un.

"Dwi ddim!" llefodd Titw Tylluan, y brawd bach. "Dwi wedi anghofio rhywbeth!"

"Anghofio beth?" gofynnodd Dad, gan ysgwyd ei adenydd yn ddiamynedd.

"Dwi wedi anghofio hynny hefyd!" meddai Titw mewn llais bach, bach.

"Llygod llwyd Llangollen!" meddai Dad, a'i wyneb yn edrych yn flin iawn, iawn.

"Tyrd, Titw bach!" meddai Mam gan geisio'i helpu. "Beth arall sydd i fynd i mewn i'r bag yna?"

"Y sbectol haul – ydi honno gen ti?" gofynnodd Teleri mewn llais athrawes yn holi am waith cartref.

"Ydi, debyg iawn," atebodd Titw ar unwaith. "Dwi ddim mor wirion â mynd ar wyliau heb sbectol haul, siŵr!"

"Gogls nofio – ydi'r rheiny yn y bag?" Roedd Teleri'n barod i fynd drwy'r rhestr i gyd.

"Ydyn!"

"Beth am i ni gael cip o gwmpas y tŷ i weld a welwn ni rywbeth sydd wedi'i adael allan o'r bag?" awgrymodd Mam.

"Reit sydyn," tw-whitiodd Dad, "neu bydd y nos wedi mynd a ninnau byth wedi cychwyn."

Ehedodd Mam a Titw bach o gwmpas y tŷ yn llofft yr Hen Sgubor. Doedd yna'r un brwsh glanhau pig ar ôl yn y stafell molchi, dim crafangau traeth o dan y gwely, dim plu glân ar ôl yn y cwpwrdd dillad. Felly beth ar y ddaear oedd Titw bach wedi anghofio'i bacio?

"Dwi ddim yn gwybod, Mam," meddai Titw. "Ond dwi'n cofio 'mod i wedi anghofio rhywbeth."

"Wel, dwyt ti ddim yn cael mynd â mwy o dractors yn y bag yna," siarsiodd Mam. Gan ei fod yn byw ar fferm yn y wlad, roedd Titw bach wrth ei fodd gyda thractors.

"Nid tractor dwi wedi'i anghofio, Mam."

"Wel beth 'te, Titw bach? Tyrd yn dy flaen neu bydd dy dad wedi mynd yn wirion bost yn disgwyl amdanat ti."

"Post, Mam!" gwaeddodd Titw a dawnsio at y silff ben tân. Cydiodd mewn chwech o gardiau post o'r fan honno.

"Pam dy fod ti isio mynd â chardiau post efo ti ar dy wyliau?" holodd Mam.

"Dwi wedi sgwennu cardiau i'w hanfon at fy ffrindiau yn barod," esboniodd Titw. "Dwi ddim isio gwaith sgwennu a finnau ar fy ngwyliau, yn nagoes?"

Edrychodd Mam ar y cardiau. Titw oedd wedi gwneud y lluniau ei hun.

Annwyl Twm
Mae'n braf ar lan y
môr. Digon o lygod
fflos pinc. Cael sbort
yn chwarae gyda'r
gwylanod yn y môr.
Wedi bod ar gefn
dolffin o amgylch
y bae.
Wela i di cyn hir
Titw

Twm Tylluan
Y Twll
Tu Hwnt i'r Cae Tatws
Tredomen

"Ond sut wyt ti'n gwybod pa fath o wyliau gei di?" holodd Mam. "Dwyt ddim hyd yn oed wedi cychwyn eto!"

"Breuddwydio ydw i, yntê, Mam."

"Wel dewch da chi, neu fydd y gwyliau yma'n ddim byd ond breuddwyd," meddai Dad gan danio injan yr hofrennydd oedd wedi'i pharcio ar grib y to.

"Sut mae Titw'n cofio'r hyn mae o wedi'i freuddwydio ac yn anghofio pob dim arall, Dad?" holodd Teleri.

"O, am fod ganddo gymylau rhwng ei glustiau," meddai Dad.

"Nage ddim, am ei fod yn debyg i Taid Tan Topiau," meddai Mam.

"Ac roedd hwnnw'n dylluan arbennig iawn, cofiwch chi." Caeodd Mam ddrws yr hofrennydd, a chyn bo hir roedd y teulu tylluanod ar eu ffordd am wythnos o wyliau ar lan y môr.

Ond O! dyna hen siom. Roedd hi'n bwrw glaw bob dydd. Roedd y garafán lle'r oedden nhw'n aros yn gollwng dŵr. Roedd y siopau llygod fflos wedi cau am fod Clwb Cathod Crymych wedi bod yno yr wythnos gynt ac wedi bwyta'r stoc i gyd. Doedd yr un enaid pluog ar lan y môr.

Erbyn dydd Iau, roedd y teulu tylluanod yn ddiflas dros ben ac wedi hel at ei gilydd o dan y garafán, pob un â'i ben yn ei blu.

"Hy! Titw bach! Ti a dy freuddwydion!" wfftiodd Teleri. "Does 'na ddim byd sydd ar dy gardiau post di wedi dod yn wir!"

Ond y noson honno, roedd y gorwel yn lliw oren cynnes wrth i'r haul fachlud. Ben bore drannoeth – diwrnod olaf y gwyliau – roedd haul melyn mawr yn tywallt ei belydrau drwy'r tyllau yn nho'r garafán.

Deffrodd y tylluanod yn llawn cyffro a brysio am lan y môr. Roedd y siopau llygod fflos wedi cael mwy o stoc, a bu Teleri'n bwyta un ar ôl y llall drwy'r bore. Eisteddai Mam a Dad ar seddau plu ar y traeth, yn gwenu ar y byd o dan eu sbectols haul. Roedd y gwylanod yn dowcio yn y dŵr a chafodd Titw bach fodd i fyw yn tasgu yn y tonnau gyda nhw. Toc wedi cinio, daeth dau ddolffin i'r bae a chafodd y teulu drip ar eu cefnau draw at y penrhyn ac yn ôl.

Drannoeth, roedd yn amser mynd adref.

"Ew, dyna wyliau da gawson ni, yntê?" meddai Teleri.

"Gwirioneddol gampus," cytunodd Dad, wrth hedfan yr hofrennydd am adre.

"Ac mi ddaeth breuddwydion Titw bach a'i neges ar gefn y cardiau post yn wir, yn do?" meddai Mam.

"Do! Da iawn ti, Titw!" gwaeddodd Teleri.

"O na!" meddai Titw'n siomedig.

"Beth sy?" gofynnodd Mam.

"Dwi wedi anghofio rhywbeth eto, Mam."

"Beth?" holodd pawb.

Agorodd Titw ei fag a thynnu'r chwech o gardiau post ohono.
"Dwi wedi anghofio postio'r cardiau!"

Y TYWYSOG BACH BLÊR
Haf Llewelyn

Tywysog oedd Jimbo, ond fyddech chi byth yn credu hynny petaech chi'n ei gyfarfod. Pam, tybed? Wel, am mai tywysog bach blêr a budur iawn oedd Jimbo. Roedd ei wallt bob amser yn sticio i fyny ar ei ben, fel coron o goesau pry cop. Roedd ei grys yn stremp o sôs coch a grefi. Doedd o byth yn sychu ei drwyn bach smwt, a byddai ôl bîns amser cinio rownd ei geg fel lipstic oren. A dweud y gwir, roedd golwg mawr ar Jimbo bach!

Roedd mam Jimbo, y Frenhines Ria, wedi cael llond bol!

Roedd hi wedi cael llond bol ar ddillad budur Jimbo.

Roedd hi wedi cael llond bol ar wallt budur Jimbo.

Ac roedd hi wedi cael llond bol ar drwyn budur Jimbo bach.

"Nid fel hyn mae tywysog bach i fod i edrych, Jimbo! Rhaid i bob tywysog bach fod yn lân a thaclus," meddai'r Frenhines.

Roedd hi hefyd wedi cael llond bol ar ei stafell wely, gan mai stafell wely Jimbo bach oedd y fleraf a'r futraf yn yr holl wlad.

O dan ei wely cadwai bum pry genwair mewn pot jam, yn ei slipars cysgai saith pry lludw, ac yn ei gadw-mi-gei cadwai naw o falwod a phedair gwlithen lithrig, seimllyd.

"Ych-a-fi!" sgrechiodd y Frenhines pan neidiodd Llion y llyffant mawr gwyrdd allan o boced pyjamas Jim.

"Dyna ddigon!" bloeddiodd y Frenhines Ria o ben y cwpwrdd dillad. "Digon yw digon!"

"O diar," ochneidiodd Jimbo, gan stwffio Llion y llyffant yn ôl i'w boced.

"Jimbo, rhaid i ti fynd i aros at dy nain!" mynnodd y Frenhines Ria.

"O diar, diar, diar!" meddai Jimbo'n bryderus.

Mae neiniau fel arfer yn bobl fendigedig. Maen nhw'n eich difetha chi'n rhacs, yn eich stwffio efo da-da, ac yn chwarae gêmau efo chi drwy'r dydd. Ond nid nain felly oedd Tabitha.

Llusgodd y Frenhines Ria ei mab bach blêr draw i gastell Tabitha. Agorwyd y drws mawr pren, ac i mewn â nhw i ganol stafell fawr lân, lân, lân.

"A-a-a-tishww, atishwww!" Doedd trwyn bach smwt Jimbo ddim yn hoffi'r arogl sebon a hylif glanhau o gwbl. "Ych-a-fi!" cwynodd Jimbo.

Doedd dim golwg o Tabitha, ond roedd sŵn hwfro yn dod o ben y grisiau mawr.

"Helô!" gwaeddodd y Frenhines Ria. Tawelodd y sŵn hwfro, a daeth wyneb Tabitha i'r golwg dros ben y grisiau.

"O'r andros, dyna chi wedi cyrraedd," meddai hi, "a finna heb orffen glanhau . . . dewch i mewn. Ond cofiwch sychu'ch traed gyntaf!"

I mewn i'r gegin â nhw. Eisteddodd Jimbo fel angel bach wrth y bwrdd. Gallai deimlo Llion y llyffant yn symud ym mhoced ei drowsus.

"Ydach chi'n meddwl y medrwch chi ddysgu Jimbo i fod yn lân a thaclus?" gofynnodd y Frenhines wrth Tabitha.

"Twt, fydda i ddim chwinciad chwannen yn ei ddysgu, siŵr iawn. Erbyn amser gwely, Jimbo bach fydd y tywysog glanaf a'r taclusaf yn y byd i gyd!"

Ych-a-fi, meddyliodd Jimbo. Doedd o ddim yn edrych ymlaen. Dim o gwbl.

Aeth Tabitha i nôl brwsh gwallt mawr caled, powlen anferth o ddŵr poeth a throchion sebon, siswrn ewinedd miniog a thywel mawr gwyn. Rhoddodd y cwbwl ar y bwrdd o flaen Jimbo. Roedd Jimbo druan wedi dychryn braidd.

"Dyma ni, ta!" meddai Tabitha yn ei llais 'dim lol'. Aeth Tabitha ati'n syth i sgwrio a brwsio, brwsio a sgwrio. Druan o Jimbo! Ond ar ôl dwy awr o sgwrio a brwsio, roedd Jimbo bach yn sgleinio fel seren.

Ew, roedd Tabitha wrth ei bodd. Roedd Tabitha a'i chastell, wrth gwrs, bob amser yn sgleinio fel seren.

"Dyna ni," meddai Tabitha, "rŵan mi gawn ni de bach, ac yna gei di fynd adre i ddweud wrth Mam mai fel hyn mae tywysog bach i fod i edrych!"

Erbyn hyn roedd Llion y llyffant wedi deffro ym mhoced Jimbo. Roedd o bron â llwgu. Ac roedd o'n gallu arogli rhywbeth hyfryd – jam a hufen!

Gwthiodd Llion ei drwyn allan o boced Jimbo, a chyn i Jimbo allu gwneud dim byd i'w rwystro, roedd o wedi sboncio i ganol cacen yn llawn o hufen a jam!

Sbonc! Sbonc! Sbonc! Tasgodd yr hufen ar wallt Tabitha, i fyny trwyn Tabitha, i mewn i glustiau Tabitha. Sbonc! Sbinc! Plop! Tasgodd y jam dros flows wen, lân Tabitha, dros sbectol Tabitha a thros gegin lân, lân, lân Tabitha. Sbonc! Plop! Sblash! Tasgodd y jam a'r hufen dros y Tywysog Jimbo i gyd!

"Hi, hi, hi!" chwarddodd Jimbo. "Dwi'n meddwl y byddai'n well imi fynd adre rŵan, Nain. Diolch am y te!"

Stwffiodd y Tywysog bach blêr Llion y llyffant yn ôl i'w boced, ac adre â fo. Roedd Mam yn sefyll wrth y drws, yn aros amdano ac yn edrych ymlaen at ei weld . . .

Ond O! am siom gafodd hi!

"Mae Nain yn dweud mai fel hyn mae tywysog bach i fod i edrych, Mam!" meddai Jimbo gan rwbio'r jam i mewn i'w wallt, ac allan â fo i chwilio am falwod.

BLEDDYN BLEWYN HIR
Iola Jôns

Roedd Wmffra'n drist. Roedd y cathod eraill i gyd yn gwneud hwyl am ei ben ac yn mewian, 'Wmffra bach bwt wedi colli ei gwt!' bob tro roedden nhw'n ei weld. Nid ei fai o oedd o nad oedd ganddo gynffon yr un fath â phob cath arall! Nid ei fai o oedd o ei fod o mor fach chwaith.

"Paid â phoeni, Wmffra bach," meddai Llion ei ffrind gorau. "Mi fyddi di'n fwy na'r cathod eraill i gyd ryw ddiwrnod, gei di weld! Mi 'drycha i ar dy ôl di 'sti."

Cath i nain Llion oedd Wmffra, ac roedd Wmffra a Llion yn ffrindiau mawr.

"Paid ti â difetha'r gath 'na!" meddai Nain. "Allan yn dal llygod ddylai Wmffra fod, nid yn gorweddian o flaen y tân yn hel mwytha efo chdi."

"Ond Nai-yn!" protestiodd Llion.

"Allan, Wmffra!" gwaeddodd Nain gan agor y drws. "Cer i ddal yr Hen Lygoden Larpiog 'na! Os cei di wared â honno, mi fydd croeso i ti orweddian faint fynni di o flaen y tân wedyn."

O na, nid yr Hen Lygoden Larpiog! meddyliodd Wmffra'n llawn ofn. Doedd neb wedi gweld yr Hen Lygoden Larpiog – dim ond ei chysgod – ond roedd hynny'n ddigon i godi ofn ar bawb.

"Wmffra bach bwt wedi colli ei gwt!" meddai Bara Brith yr hen gath drilliw. "Ha, ha! Rwyt ti'n mynd i ddal yr Hen Lygoden Larpiog, wyt ti? Ha, ha!"

Teimlai Wmffra'n ddigalon. Doedd o'n dda i ddim i neb. Fe wnâi unrhyw beth i fod yr un fath â phawb arall.

Yn sydyn, daeth cysgod mawr blewog i dywyllu'r buarth.

"Help! Yr Hen Lygoden Larpiog!" mewiodd Wmffra gan redeg i guddio mewn llwyn. Rhedodd Bara Brith i guddio i'r un lle hefyd, a'i gynffon hir yn chwipio'n ffyrnig.

Yr eiliad honno gyrrodd car mawr i mewn i'r buarth. Roedd yn llawn o blant bach swnllyd a mam a thad blinedig.

"Nain, Nain!" gwaeddodd Llion. "Brysiwch, mae Ilan, Lliwen,
Aron ac Erwan wedi cyrraedd."

Neidiodd y plant ar draws ei gilydd allan o'r car. Aeth Ilan i nôl
bocs mawr o gist y car.

"Rydan ni wedi dod â Maldwyn efo ni i ddal yr Hen Lygoden
Larpiog i chi, Nain!" meddai Ilan.

"Da iawn chi," meddai Nain.

Neidiodd Maldwyn allan o'r bocs yn simsan ac yn edrych yn sâl
braidd ar ôl y siwrne; roedd Ewythr Alun yn gyrru braidd yn wyllt!
Cerddodd Maldwyn yn ofalus i osgoi'r baw gwartheg ar y buarth.
Doedd Maldwyn ddim yn hoffi baeddu'i bawennau.

"H . . . helô," meddai Wmffra'n dawel o'r llwyn.

"Pwy ddywedodd hynna?" meddai Maldwyn gan edrych o'i
gwmpas.

"Fi, Wmffra," meddai gan ddod allan i'r golwg.

"Wel helô, gath fach,"meddai Maldwyn yn glên.

"'Wmffra bach bwt wedi colli ei gwt' ydi hwn," meddai Bara Brith yn fusneslyd. "Fi ydi'r gath fawr go-iawn ar y fferm yma."

"Dow," meddai Maldwyn, "taset ti'n gath go-iawn fase dim rhaid i mi ddod yma'r holl ffordd i ddal llygod i Nain, na fase, Bara Brith?"

Gwenodd Wmffra. Roedd Wmffra'n hoffi Maldwyn.

"Ble mae'r Hen Lygoden Larpiog 'ma, 'te?" holodd.

"Aeth hi'r ffordd acw," meddai Bara Brith ac Wmffra. Ond er chwilio ym mhob twll a chornel ni ddaeth Maldwyn o hyd i'r Hen Lygoden Larpiog yn unlle.

Y noson honno, roedd cathod y pentre'n cael parti i groesawu Maldwyn i'r ardal. Dechreuodd Wmffra gerdded efo Maldwyn a Bara Brith i'r pentre.

"Dos adre," meddai Bara Brith yn bigog wrth Wmffra. "Parti i gathod go-iawn ydi hwn, 'Wmffra bach bwt wedi colli ei gwt'. Dos yn ôl i gael mwytha efo Llion! Dwyt ti ddim digon da i ddod efo ni."

Druan o Wmffra. Roedd o'n rhy drist hyd yn oed i gael maldod gan Llion. Sleifiodd yn benisel i guddio yn y gwellt yn y beudy bach. Yn sydyn, clywodd sŵn rhywun yn crio'n dawel.

"Hy . . . helô," meddai Wmffra. "Pwy sy 'na?"

"Fi," meddai llais bach, bach o nyth glyd yn y gwellt. Edrychodd Wmffra i gyfeiriad y llais, a beth welodd o yno ond bochdew bach crwn a blewog iawn.

"Be sy'n bod?" gofynnodd Wmffra'n garedig wrtho.

"Does gen i ddim ffrind yn y byd," meddai'r bochdew yn drist. "A dydw i ddim isio dychryn pawb o hyd ac o hyd."

"Be? Bochdew bach fel ti yn dychryn pawb – sut felly?" meddai Wmffra.

"'Ti'n gweld, fi ydi'r Hen Lygoden Larpiog!" meddai'r bochdew yn drist.

"Be? *Ti?*" meddai Wmffra, gan fethu credu'i glustiau a'i lygaid.

"Ie, wir i ti," meddai'r bochdew gan symud i mewn i'r golau i fwrw cysgod mawr, blewog dros Wmffra a thros bob man. "Dwi wedi bod yn smalio bod yn Hen Lygoden Larpiog er mwyn i'r cathod beidio 'mwyta i. Wnei di ddim fy mwyta i, wnei di? Mae'r cathod eraill am fy ngwaed i," meddai'n ofnus.

"Ow, ych-a-fi, na wna i wir! Dim ond y bwyd gorau o dun fydda i'n ei fwyta," meddai Wmffra gan edrych lawr ei drwyn. "Bwyta bochdew, wir! Am syniad twp!"

"Bleddyn Blewyn Hir ydi fy enw iawn i," meddai'r bochdew gan ysgwyd pawen Wmffra.

"Ac Wmffra ydw i," atebodd y gath ddi-gwt. "Dydi bochdew ddim i fod i fyw ar fferm. Pam wyt ti yma, Bleddyn?"

"Mae'n stori hir. . ." dechreuodd Bleddyn.

"Aros di fan'ma tra 'mod i'n nôl fy ffrind. Gawn ni glywed dy stori di wedyn," meddai Wmffra gan ruthro allan i nôl Llion.

Clywodd y ddau sut oedd Bleddyn wedi dianc o gaets mewn tŷ ac wedi crwydro allan a mynd goll amser maith yn ôl.

"Wel, mae gen i gynllun," meddai Llion, wrth dynnu camera bach allan o'i boced.

Ymhen awr wedyn, rhedodd Llion i mewn i'r gegin, ac Wmffra'n ei ddilyn. "Nain, Nain!" gwaeddodd. "Mae Wmffra wedi cael gwared â'r Hen Lygoden Larpiog. 'Drychwch!"

Syllodd Nain a phawb arall yn syn ar y llun dramatig.

"Rargol! Dyna gath ddewr wyt ti, Wmffra!" meddai Nain, gan edrych draw at y gath fach ddi-gwt oedd yn canu grwndi'n braf o flaen y tân.

Ar ei ffordd adref yn y car y noson honno, teimlodd Llion rywbeth yn symud ym mhoced ei gôt. Cafodd andros o fraw – nes cofio mai Bleddyn y bochdew oedd yno, ar ei ffordd i'w gartref newydd. Dyna braf fydd cael ffrind bach newydd yn gwmni, meddyliodd Llion.

Nos da.

Cysga'n . . .

. . . dawel.